兒童文學叢書

・藝術家系列・

放羊的小孩與上帝

喬托的聖經連環畫

喻麗清／著

三民書局

國家圖書館出版品預行編目資料

放羊的小孩與上帝：喬托的聖經連環畫／喻麗清著.－
－二版一刷.－－臺北市：三民，2007
面；　公分.－－(兒童文學叢書.藝術家系列)

ISBN 978-957-14-2734-8　(精裝)

859.6

© 放羊的小孩與上帝
　　　──喬托的聖經連環畫

著 作 人　　喻麗清
發 行 人　　劉振強
著作財產權人　三民書局股份有限公司
發 行 所　　三民書局股份有限公司
　　　　　　地址　臺北市復興北路386號
　　　　　　電話　(02)25006600
　　　　　　郵撥帳號　0009998-5
門 市 部　　(復北店)臺北市復興北路386號
　　　　　　(重南店)臺北市重慶南路一段61號
出版日期　　初版一刷　1998年1月
　　　　　　初版三刷　2002年8月
　　　　　　二版一刷　2007年5月
編　　號　　S 853771
定　　價　　新臺幣貳佰肆拾元整
行政院新聞局登記證局版臺業字第○二○○號

有著作權·不准侵害

ISBN　978-957-14-2734-8　(精裝)

http://www.sanmin.com.tw　三民網路書店
※本書如有缺頁、破損或裝訂錯誤，請寄回本公司更換。

閱讀之旅

◆

　　很早就聽說過藝術大師米開蘭基羅、梵谷、莫內、林布蘭、塞尚等人的名字；也欣賞過文學名家狄更斯、馬克‧吐溫、安徒生、珍‧奧斯汀與莎士比亞的作品。

　　可是有關他們的童年故事、成長過程、鮮為人知的家居生活，以及如何走上藝術、文學之路的許許多多有趣故事，卻是在主編了這一系列的童書之後，才有了完整的印象，尤其在每一位作者的用心創造與撰寫中，讀之趣味盈然，好像也分享了藝術豐富的創作生命。

　　為孩子們編書、寫書，一直是我們這一群旅居海外的作者共同的心願，這個心願，終於因為三民書局的劉振強董事長，有意出版一系列以華文創作為主的童書而宿願得償。這也是我們對國內兒童的一點小小奉獻。

　　西洋文學家與藝術家的故事，以往大多為翻譯作品，而且在文字與內容上，忽略了以孩子為主的趣味性，因此難免艱深枯燥；所以我們決定以生動、活潑的童心童趣，用兒童文學的創作方式，以孩子為本位，輕輕鬆鬆的走入畫家與文豪的真實內在，讓小朋友們在閱讀之旅中，充分享受到藝術與文學的廣闊世界，也拓展了孩子們海闊天空的內在領域，進而能培養出自我的欣賞品味與創作能力。

　　這一套書的作者們，都和我一樣對兒童文學情有獨鍾，對文學、藝術更是始終懷有熱誠，我們從計畫、設計、撰寫、到出版，歷時兩年多才完成，在這之中，國內國外電傳、聯絡，就有厚厚一大冊，我們的心願卻只有一個──為孩子們寫下有趣味、又有文學性的好書。

　　當世界越來越多元化、商品化的今天，許多屬於精神層面的內涵，逐漸在消失、退隱。然而，我始終牢記心理學上，人性內在的需求──求安全、溫飽之後更高層面的精神生活。我們是否因為孩子小，就只給與溫飽與安全，而忽略了精神陶冶？文學與美學的豐盈世界，是否因為速食文化的盛行而消減？這是值得做為父母的我

們省思的問題，也是決定寫這一系列童書的用心。

我想這也是三民書局不惜成本、不以金錢計較而決心出版此一系列童書的本意。在我們握筆創作的過程中，最常牽動我們心思的動力，就是希望孩子們有一個愉快的閱讀之旅，充滿童心童趣的童年，讓他們除了溫飽安全之外，從小就有豐富的精神食糧，與閱讀的經驗。

最令人傲以示人的是，這一套書的作者，全是一時之選，不僅在寫作上經驗豐富，在藝術上也學有專精，所以下筆創作，能深入淺出，饒然有趣，真正是老少皆喜，愛不釋手。譬如喻麗清，在散文與詩作上，素有才女之稱，在文壇上更擁有廣大的讀者群；陳永秀與羅珞珈，除了在兒童文學界皆得過獎外，翻譯、創作不斷，對藝術的研究與喜愛也是數十年如一日用功勤學；章瑛退休後專心研習水墨畫，還時常歐遊四處欣賞名畫；戴天禾有良好的國學素養，對藝術更是博聞廣見；另外兩位主修藝術的嚴喆民與莊惠瑾，除了對藝術學有專精外，對設計更有獨到心得。由這一群對藝術又懂又愛的人來執筆寫藝術大師的故事，不僅小朋友，我這個「老」朋友也讀之百遍從不厭倦。我真正感謝她們不惜時間、心血，投入為孩子寫作的行列，所以當她們對我「撒嬌」：「哇！比博士論文花的時間還多」時，我絕對相信，也更加由衷感謝，不僅為孩子，也為像我一樣喜歡藝術的大孩子們，可以欣賞到如此圖文並茂，又生動有趣的童書欣喜。當然，如果沒有三民書局的支持、用心仔細的編輯，這一套書是無法以如此完美的面貌出現的。

讓我們一起——老老小小共同享受閱讀之樂、文學藝術之美，也與孩子們一起留下美好的閱讀記憶。

作者的話

◆

前幾年，我在學校選修人體素描時，頭一天上課，老師就發下一張白紙，然後一位裸體模特兒走了進來。老師說：「我想先看看各位的程度，現在請你們畫畫這位模特兒，給你們十分鐘，五分鐘畫他的正面，五分鐘畫他的背面。」那是我第一次畫「活人」，沒想到要「考試」。我立刻把紙對折，半張畫正面、半張畫反面。後來看了別人的，才知道同樣的一張白紙上安排正反兩面人體就可以花樣百出。有人正面畫大，反面畫小，看起來像那個人背對著鏡子。有人左右畫，有人上下畫，也有人畫在對角線上。還有人畫個正當中的人外圍一圈背影……等等。那時候，我對人的創造力之無限可能才有了吃驚的概念。

一張紙跟一大片白牆來比，真是小巫見大巫。喬托當年所面對的帕度亞那個教堂的一片大白牆，長 20.8 公尺，寬 8.4 公尺，高 13 公尺，簡直是一張巨大的立體的白紙。要是人家帶你去那兒「考試」，叫你在那上頭畫《聖經》上的故事，想想看，你要畫什麼？怎麼畫？難不難？尤其別忘了喬托那個時代，紙還沒有發明，不可能先在紙上畫個草稿再叫徒弟去放大在牆上。

然而，聰明的喬托，他卻把耶穌基督的一生像連環圖畫似的畫了上去。那是十四世紀歐洲文藝復興都還沒有影子的時候，大多數的人並不識字，不會讀《聖經》，可是他們一看了喬托的畫就能產生共鳴，而且說：「啊，聖母和基督原來跟我們一樣是平民出身的。」這就是喬托了不起的地方，他畫的不是單薄的美，而是思想上的創新。

介紹喬托的畫不難，但是要介紹他的生平可不大容易。因為有關他的個人史料非常少。這本書只想給小朋友提供些線索，其餘的請小朋友自己去填補。

藝術，它充滿了想像的空間，一旦愛上了它就永遠不會無聊。

喻麗清

喻麗清

◆

臺北醫學院畢業後，留學美國。先後在紐約州立大學、加州大學柏克萊分校任職，工作之餘修讀西洋藝術史。現定居舊金山附近。喜歡孩子，喜歡寫作和畫畫。雖然已經出過四十多本書了，詩、小說、散文都有，但她覺得兩個既漂亮又聰明的女兒才是她最大的成就。

喬托

Giotto di Bondone

1266?~1337

1. 喬托是誰？

提到文藝復興，好像沒有人不知道。

若是要你舉出幾位文藝復興時的藝術大師來，相信你一定馬上會說：

「達文西、米開蘭基羅、拉斐爾……誰都知道啊！」

但是，如果有人再問一句：

「那麼，文藝復興之父是誰？」

或者問：

「近代西洋繪畫的鼻祖是誰？」

你答得出來嗎？

我可以偷偷告訴你，答案是：喬托，就是喬托。

2.童 年

七百多年前，義大利佛羅倫斯西北二十多哩外的一個村莊裡，有一個放羊的孩子，他的名字叫喬托。

他的爸爸是農夫，媽媽很疼愛小喬托。那個時代，有錢人家的孩子才能到學校去讀書，窮孩子多數是送到城裡給人家當學徒，學手藝或者學做生意。當學徒是很苦的，有時候碰到脾氣不好的師父會經常挨打。媽媽捨不得小喬托，就留他在家看羊。

喬托天天跟一群綿羊在一起，山前山後早出晚歸的，他發現，如果仔細觀察的話，每一頭羊其實都是不一樣的。於是，他給每頭羊都取了一個名字，還找些瓦片把這些羊不一樣的地方都畫在山上那些大岩石上。他就這樣子一面觀察一面畫，山裡的大岩石上到後來幾乎全是他畫的羊。他每天還不停的修來改去，有時還順便畫畫花草大樹，簡直畫得不亦樂乎。

有一天，幾位騎馬來打獵的城裡

（全圖見 p. 45）

羊與牧羊人
阿瑞那教堂
壁畫:〈若亞敬
之夢〉局部

人路過這山區，其中一位看到一塊大石頭上畫滿了羊，十分好奇，就下馬來看。他牽著馬，一路看過去，正好看見一個放羊的孩子在石頭上作畫。

小孩十歲不到，溫順有禮，一講到羊和他自己發明的羊畫就完全不怕生了。那個穿得很體面還拉著一匹馬的紳士說：

「你這些羊畫得真有趣，比我的學生都畫得好。你這麼喜歡畫畫，跟我回去，我可以教你畫更多的東西。」

當天，整個村莊都知道喬托的家裡來了貴客，而且想要收喬托做他的學徒，要把他帶到城裡去。

這位貴客，不是別人，他就是佛羅倫斯城裡鼎鼎大名的畫師──契馬部埃。

拜占庭式的十字架

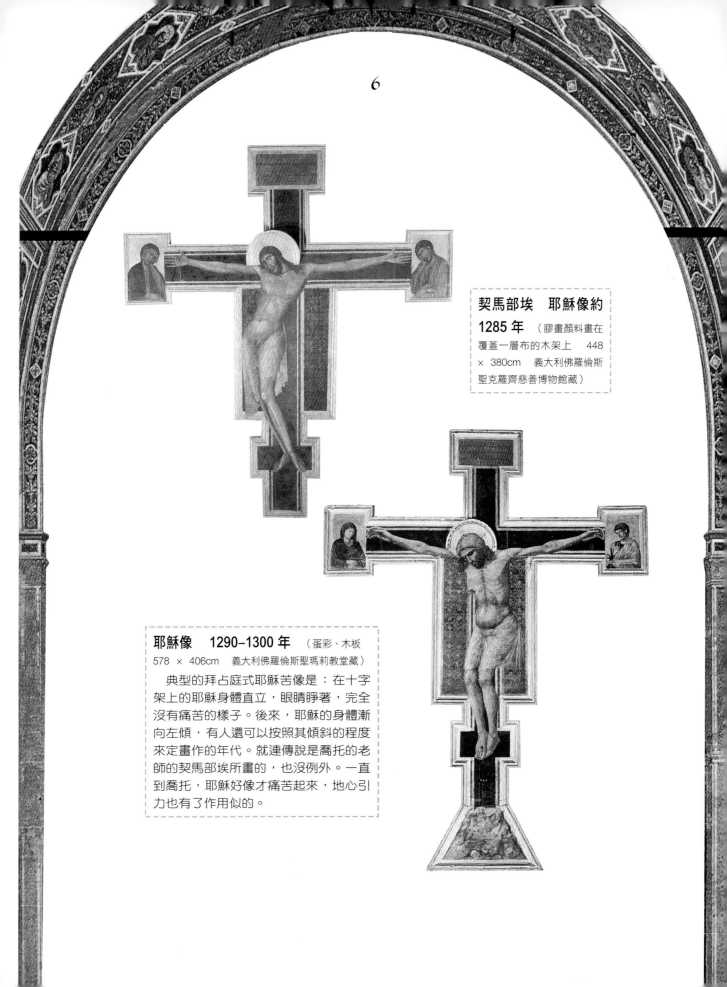

契馬部埃　耶穌像約1285 年（膠畫顏料畫在覆蓋一層布的木架上　448 × 380cm　義大利佛羅倫斯聖克羅齊慈善博物館藏）

耶穌像　1290-1300 年（蛋彩、木板578 × 406cm　義大利佛羅倫斯聖瑪莉教堂藏）

　　典型的拜占庭式耶穌苦像是：在十字架上的耶穌身體直立，眼睛睜著，完全沒有痛苦的樣子。後來，耶穌的身體漸向左傾，有人還可以按照其傾斜的程度來定畫作的年代。就連傳說是喬托的老師的契馬部埃所畫的，也沒例外。一直到喬托，耶穌好像才痛苦起來，地心引力也有了作用似的。

3. 學徒生活

鄉下來的喬托，到了佛羅倫斯城，像劉姥姥進大觀園，看什麼都覺得有意思。金碧輝煌的大教堂，教堂裡有他師父畫的畫兒；街上走著穿絲綢長袍的有錢商人和騎馬的武士；巷子裡有打鐵的，烤麵包的；學者在講學，小孩子跑來跑去，婦女在紡羊毛、織衣服；市場趕集的地方，尤其熱鬧，五顏六色的貨品，看得他眼花撩亂。

他跟契馬部埃其他的學徒一樣，先住在畫家工作室裡。契馬部埃的工作室，除了幾個比喬托大一點的小孩外，還有幾個是租不起自己畫室的畫家，喬托只要一有空閒總是跟著他們問長問短的。因為他性情溫和，做事勤快，洗起畫刷子來，誰也沒他洗得乾淨，調色調得又勻又好。沒多久，工作室裡的人都喜歡他了，大家都很願意把知道的教給他。

不久，他就弄清楚哪些顏料是要磨成多細的粉的，哪些是有毒的，哪

些要加水，哪些要用油來調和，還有哪些可以摻了蛋黃來用。他還很仔細的照顧好那些發亮的金箔，因為那是很貴重的金子做的。他最拿手的就是做炭筆了。

每天，他要到樹上去砍一些粗細差不多的樹枝下來，先切成一段段長短一樣的，用小刀先把一頭削尖，然後緊緊的捆在一起。再把這捆好的小把小把的枝子放進一個瓦罐裡，用泥封好。到晚上就送到做麵包的店裡，請麵包師父把這瓦罐擺在烤麵包的爐子裡跟他的麵包一起過夜。第二天一早，喬托去取他的小罐子，無論成不成功，每次一走進麵包店，那香香的麵包味就使他愉快。麵包師父常常喜歡在交還他小瓦罐時，同時也給他幾個麵包吃。熱烘烘剛出爐的麵包，有時候是他一整天唯一的安慰，因為如果一打開瓦罐，裡面的樹枝子沒有炭化得剛好，那麼就不能用了。

其他學徒做的筆，有時候一畫就斷，有時候打開罐子一看就已經變成灰了。只有喬托，做什麼都很專心而且又認真，罐子塞得滿滿的，筆又捆

得緊緊的，每次打開瓦罐，很少不成功的，所以也很少挨打挨罵。他磨起顏料來，也是細得碰水即化。契馬部埃很喜歡他，才過了兩三年，就開始給他一點不重要的小角落讓他畫他拿手的羊。

有一次，他覺得畫羊太無趣、太容易了，就在老師畫的一位貴婦肖像的裙角畫了一隻蒼蠅。畫商來取畫，見了蒼蠅，揮手要趕。喬托在旁邊笑

拜占庭式的聖母子圖

出聲來，讓畫商很生氣，契馬部埃就對喬托說：

「你惹的禍，你自己收拾。」說完還遞給他一枝畫筆。

喬托立刻在畫上塗了起來，兩三下就把裙子恢復了原樣。從此畫商就

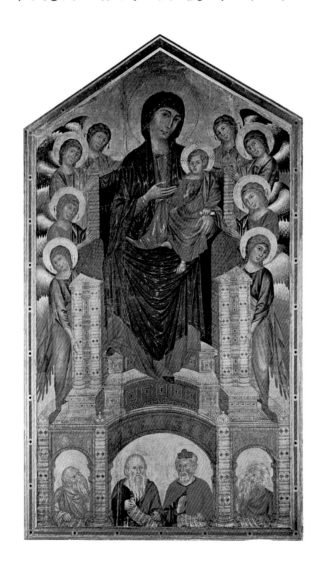

契馬部埃　聖母與聖子
1280-1285 年 （蛋彩、木板　386 × 225cm　義大利佛羅倫斯烏菲茲美術館藏）

聖母與聖子　1310 年

（蛋彩、木板　325 × 204cm
義大利佛羅倫斯烏菲茲美術
館藏）

　和契馬部埃畫的相較，
喬托的像是普通人家的
「媽媽與小孩」，線條簡潔，
樸實單純。

　記得他了，而契馬部埃也不再把他當
學徒看待。

　　這個時候的喬托，除了喜歡畫畫
之外，也喜歡到城裡有名的學者那裡
去讀書，大詩人但丁就是這樣跟他做
了好朋友的。但是，他時時記得自己
是山裡牧羊長大的孩子，不是錦衣玉

食只會錦上添花的那種人。他心中始終忘不了他的母親，每次要畫聖母，就不由自主想起她來，他也懷念家鄉簡單樸素的生活，所以他也最喜歡結交街上的三教九流。那時候，從一般老百姓的傳說中，他心中最敬愛、最崇拜的偶像，漸漸由他的老師契馬部埃轉變為聖方濟各了。

聖方濟各出身貴族，父親是很有錢的商人。他二十歲以前是想當騎士的，可是在一場戰役中被俘，坐了一年的牢。出來後，改變了人生觀。後來，有一次在街上看見一位痲瘋病患伸手向他要錢，他大大的動了憐憫之心，於是決心出家傳道。有點像釋迦牟尼，他以刻苦謙卑、同情弱者為教義，不但放棄了世俗的榮華富貴，而且跟小鳥花草什麼的，世上凡有生命的，他都稱兄道弟。一掃當時教皇專政、宗教腐敗的風氣，他這種仁慈博愛的精神，感召了許多天主教教徒而成立了聖方濟各教派。

為了要慶祝聖方濟各誕辰一百週年，佛羅倫斯附近的一個小城，也就是聖方濟各出生的地方阿西斯，要重

聖方濟各與父親脫離關係　1297–1299 年

（溼壁畫　270 × 230cm　義大利阿西斯教堂藏）

　　這是阿西斯教堂壁畫之一，聖方濟各把身上華麗的袍子鞋子全脫了下來，交還給他的父親。他那有錢的父親氣得不知所措（傳說聖方濟各常把他父親的貨品賣了，捐給教堂，曾被他父親關在鐵籠子裡處罰過），鄰居中有人把他父親的手抓住，怕他要打兒子。而教會這邊的主教忙用圍巾替他遮住下體，他自己則一心已經歸依了天主：天上有一隻手向他召喚著。畫面生動，背景中的建築，顯示了喬托另一面的天才，他對建築也有研究。晚年，喬托還受託給佛羅倫斯蓋一所鐘樓，可惜還沒有完成他就去世了。

向小鳥傳教
1297–1299 年

（溼壁畫　270 × 200cm
義大利阿西斯教堂藏）

　　這是阿西斯教堂壁
畫之一，畫中頭上有
光環的是聖人：聖方
濟各。喬托的聖人是
那麼的謙遜，他彎身
跟小鳥比手劃腳，鳥
兒們跟他親切得像在
發問似的。傳教，並不
是高高在上教訓人的
意思，這是喬托突破
成規，帶給人的新方
向。

建他當年修道的那所教堂來紀念他。
教堂內的牆上，想畫出聖方濟各一生
的事蹟。當地郡王來找契馬部埃，契
馬部埃年紀大了，不願意出遠門，就
把這個重任交託給喬托，還把自己手
下最好的助手派給他幫忙。臨行，契
馬部埃對這個他最得意的門生說：

「以後你可以自立門戶了。好好的去畫你自己想畫的，我早已沒什麼可教你的了。」

喬托帶著感激之心與不捨之情，就這樣光榮的離開老師的畫坊來到了阿西斯。那時候，喬托二十五歲。

阿西斯教堂內的畫畫完之後，喬托的名聲遠播。老遠的地方有一位富商也來重金禮聘他去作畫。這時，他

阿西斯教堂內景

已是全義大利最好的畫家，尤其在溼泥畫法上，他的技藝大概沒有人能比得上。

溼泥畫法，就是在房子蓋好後，先在牆上塗一層石膏，然後用炭筆畫上草稿，草稿滿意了，就開始一邊敷水泥，一邊在溼水泥上用沾了顏料的刷子來畫。水泥一乾非但有些色彩上不去，而且顏料也容易脫落，要是水泥太溼，畫刷上的顏料也無法滲透進去。所以必須在半溼半乾時畫，顏料恰好可以被吸入，這就好像跟時間在賽跑，既要會控制時間又要有耐心。要是畫錯了更糟，整片水泥必須挖掉重來。並且，那些色彩溼的時候跟乾的時候又不太一樣，你都得預先考慮清楚。所以，沒有高度技巧和經驗的人是畫不來的。雖然這種畫法畫起來很辛苦，但是比較省錢，並且這種壁畫可以保存很長久的時間。還好喬托在當學徒的時候對這門技藝就學得特別好，讓我們得以在七百年後的今天還能清楚看到他作品上人物的表情、色彩的搭配，以及空間的處理。

4. 創 作

喬托生在十三、十四世紀，相當於我們的元代，距歐洲的文藝復興差不多還有一百年。

雖然關於喬托的記載不多，因為那時候「紙」是非常稀有的，畫畫都是畫在牆上或者木板上，哪裡像現在要寫個傳記這麼方便。但是，在義大利有關他的傳說卻不少。譬如：教堂的鐘聲響了，做媽媽的就會對小寶寶說:「聽啦，喬托的鈴鐺響了。」可見他的影響力有多大。其實，他晚年的確想蓋一座鐘樓的，但是沒有完成就去世了。

也許你會問:「他這麼了不起，怎麼我們卻不熟悉他呢?」我想是因為我們不熟悉《聖經》，不熟悉歐洲的基督教文化的緣故。

喬托那個時代，宗教掛帥，畫畫和雕刻都不過是教堂建築的附屬品。畫家主要的工作就是給教堂畫畫裝飾用的宗教畫。你看，羅馬式的教堂都

是天花板好高而窗子卻好小的，所以後來哥德式的建築用了那麼美麗多彩的拼花玻璃窗來裝飾，這簡直是項了不得的發明。正因為天花板高，窗子又小，空白的牆壁才特別需要畫家來畫。可是，那時的畫家畫起《聖經》裡的人物來，十分嚴肅，不但要受到教條的約束，而且師父怎麼教，學生就怎麼畫，代代傳授下來的結果，每張畫漸漸都變得僵硬死板，人後頭的背景幾乎沒有，只一味的講究富麗和神聖，跟現實生活整個兒脫節。跟喬托比起來，那些畫家好像是用頭腦在畫畫，而喬托不是的，他是用心、用感情在畫。

喬托自小在山裡放羊，所以他的畫，即使是《聖經》上的故事，他也畫得很平民化。在當時，這是宗教思想上的「大革命」，因為宗教一向被視為是形而上的，不能想像聖母聖子也可以這麼的生活化。

人家說喬托是第一個給聖人穿上平民衣服的，也是第一個把風景畫在背景上用以襯托畫中戲劇效果的人。在他筆下，聖人跟凡人一樣，有血有

基督為聖彼得洗腳（局部）　　1304-1306 年
（溼壁畫　　200 × 185cm　　義大利帕度亞阿瑞那教堂藏）
　阿瑞那教堂壁畫局部。喬托的基督與門徒並沒有
高下之分，像一個大家庭。

拜占庭式的基督為聖彼得洗腳圖

看起來，基督還是以訓人為目的，洗腳只是形式。

說起「拜占庭式」這個名詞，是由君士坦丁大帝把基督教奉為東羅馬帝國的國教開始的。當時的國都在拜占庭（就是現在土耳其的首都君士坦丁堡）。那時的宗教畫，以鑲嵌的馬賽克為主，近於工藝品的意味，沒有繪畫的特質。

肉，也有喜怒哀樂，所以他的畫能感動人。並且，他擅於用畫來說故事，好像他的每張畫都是一個獨幕劇。不識字的人讀不了《聖經》，但他的畫一看就懂還有親切感，因此使那一向被貴族利用的宗教畫，終於得以變成

了老百姓心中的安慰了。這就是所謂「人文主義精神」的誕生。

　　簡單的說，喬托的畫不在歌功頌德，他畫他所感動的，因此他的藝術傳達給我們的不只是故事而已，還有強烈的感情，好像把天堂拉向人間。當時最富有的城市是佛羅倫斯，追隨他這種方向作畫的畫家們，就被稱為佛羅倫斯畫派了。這種帶來人文精神的轉變，後來對文藝復興的畫家們影響非常大。（在米開蘭基羅早期的素

拜占庭式的耶穌受難圖
十一世紀
　　耶穌是否痛苦並不重要，重要的是他的血可以為我們清洗原罪，所以他腳下的骷髏（亞當的象徵）特別顯著，血要滴在上頭。耶穌好似一個祭品，由聖母獻上而已。

描習作中，有好多臨摹的都是喬托的壁畫。）我們幾乎可以拿喬托的畫來做為分界點：在他之前，宗教畫上的神性多於人性，而他之後，神性漸淡，人性則愈來愈受到重視了。

雖然喬托的生平事蹟很少記載，但在他的學徒中，有一位後來被他收為義子的畫家，他畫作平平，但他的

（全圖見 p. 46）

耶穌受難（局部）

阿瑞那教堂壁畫之一。這是天上人間，上下同悲的情景。耶穌的苦與痛，令我們感同身受。由此你可以看出一點喬托畫的與眾不同吧？拜占庭式的是工藝家的品質，而喬托的則有了藝術家的品質。

兒子卻把喬托所傳授的繪畫方法記錄下來，寫成一本《工藝家手冊》，這本書後來變成一本很重要的參考書。

　　喬托最重要的代表作是義大利兩所教堂中的壁畫。一在義大利東北部帕度亞城的司克魯維格尼教堂（又叫阿瑞那教堂），一在聖方濟各教派的院所阿西斯教堂。佛羅倫斯城裡也有

阿瑞那教堂內景
教堂面對聖壇處

一些，但不是有系統畫的。他作畫工程浩大，不但不怕麻煩的用溼泥畫法去畫，而且畫得很有系統，前者他畫耶穌一生的事蹟，共四十多幅。後者是聖方濟各一生的事蹟，畫了二十八幅。教堂裡走一圈出來，就好像是讀完一本傳記，所以有很多人也稱他為「歷史畫家」。

阿瑞那教堂內景
教堂面對入口的地方

5. 作品賞析

　　一幅畫，我們通常該知道的是：作者的名字，畫的題目，年代，畫的大小尺寸和所用的材料。

　　現在科技這麼發達，有的畫是可以複製的，有的複製出來比原作的還好。〈蒙娜麗莎〉全世界到處都有，有人千里迢迢跑到法國巴黎的羅浮宮去，一看到原畫，還大失所望呢！但是，有的畫就不行，尤其是那種古代的大型壁畫。書裡的尺寸過小，失去了偉大之感，而牆上的裂紋與斑剝所增加的古意，又很難由文字或畫面上傳達。就像我們走進一個宏偉的大教堂，跟我們從照片上或電影中看那同一所教堂，所得到的感覺是非常的不同。

　　譬如：這個為美國紐約大都會博物館收藏的一塊元代的壁畫，據說是從山西的一個寺廟裡偷來的。看起來確實美，但如果你走進那個畫滿了這種佛像的山洞或寺塔中，除了美，你

元代壁畫（美國紐約大都會博物館藏）
　跟喬托同時，但元代的畫還是以線描為主，喬托已經走向了寫實。

　　還會感受到一種震撼。美是平面的，震撼卻是一種力量，會搖動你的心。

　　喬托的畫也是一樣的，它在紙上的效果比在教堂牆上看的差遠了。不過，它依然是偉大的。不是他技巧上有多完美，他畫的人體比例不大對，看起來很笨拙，百年後許多人都畫得比他好得多。但是他使人把對宗教與死後世界的熱心轉到關心塵世生活上來了，這種大轉變，才是最重要的。就像以前說地球是平的，後來說是圓的，再後來又說不是正圓而是東西比

南北長一點的橢圓，每一變就使人在知識上跨出一步。有時是一小步，有時是一大步。喬托在藝術上，是帶給人一大步的那種轉變。可是，他心裡還有神、還有信仰，所以跟傳統還是相聯。美術史上每種畫派都不是憑空來的，它一點點在變，直到有一個人忽然跳起來一大步，帶給後來的人更多的啟發。喬托就是那樣子的人。

　　欣賞喬托的畫，首先，我們來看看他畫的內容：他取材非常的周密，史實加上熱情，除了重大的情節他絕不錯漏之外，有時在一些意想不到的地方，更可看出他的天才。

　　譬如：在義大利帕度亞的阿瑞那教堂內，左右各有六根支柱，與牆上的畫可以不相關，喬托畫了十二種德行，左邊靠天堂的是六種好德行——坦誠、正直、公義、信德、慈愛與希望，右邊靠地獄的是六種壞德行——絕望、不義、善怒、無常、輕浮與妒嫉。這些德行是多麼的抽象啊，可是喬托卻畫得那麼貼切。這種抽象的德行，他用「雕像」式的說明來陪襯，跟牆上複雜的故事比起來，這些「小

品」更能顯出喬托在羅馬式繪畫與哥德式雕塑上的基本功力有多麼深厚。

你看，在〈妒嫉〉那幅圖上：那人腳下有火在燃燒，口吐毒蛇，頭上長角，耳朵像豬，手上緊握著鐵袋。不用多作解釋，這不好的德行給人的感覺已經強烈之至了。一幅好畫勝過千言萬語，大概就是這個意思。更何

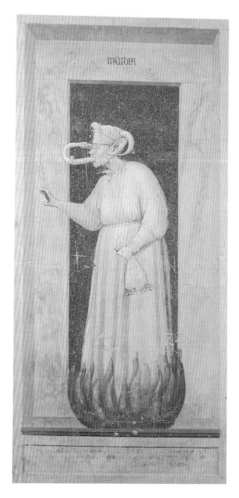

妒嫉　1306 年
（溼壁畫　120 × 55cm
義大利帕度亞阿瑞那教
堂藏）

慈愛 1306 年
（溼壁畫 120 × 55cm
義大利帕度亞阿瑞那教
堂藏）

希望　1306 年
（溼壁畫　120 × 60cm
義大利帕度亞阿瑞那教
堂藏）

絕望　1306 年
（溼壁畫　120 × 60cm
義大利帕度亞阿瑞那教
堂藏）

況，喬托的畫還影響其他藝術家幾百年！西方人說："No ego, no artist." 意思就是說，沒有個人特色的作品，不能算是藝術。喬托的突破，就是在宗教的成規之外，還注入了強烈「個人色彩」的緣故。

再來，看看他的構圖、組織、線條和色彩。

他那素樸的寫實，清新的幻想，形式上帶點兒笨拙，但是構圖聰明，組織細心，動作生動，線條簡潔，與壁畫寬大的處理無不形成一種和諧之美。

現在，就讓我們一起進入喬托的畫中世界吧！

大審判

　　目前喬托壁畫保存得最完好的是
義大利帕度亞城的阿瑞那教堂內景。
　　正對面牆上是〈大審判〉。左右
牆上由聖母的誕生一直到基督的復活

（溼壁畫　1000 × 840cm　1306 年　義大利帕度亞阿瑞那教堂藏）

昇天，每幅畫環環相扣，像一部《史記》。

〈大審判〉的左邊是天堂，右邊是地獄。地獄中的景觀，跟中國佛教裡的很有異曲同工之處。而天堂裡的景觀，喬托很幽默的把出錢請他來畫的富商畫在上面，那位富商屈膝向聖女們獻禮——他獻上的

禮物就是這間教堂。這位富商家以放高利貸致富，據說但丁的《神曲》中提到放高利貸的人在地獄中受苦，指的就是這富商的父親。富商用這間教堂來贖罪，使他不朽。喬托。

聖方濟各之死

這幅壁畫現存於佛羅倫斯的聖克羅齊教堂中的巴迪禮拜堂。雖然破損很多，但依然生動感人。

喬托作此畫時，是在二十五歲到三十歲之間，有才又有情，他跳脫出傳統的手法，在繪畫中融入「個人色彩」，開創了一種清新的風格。如果換了別人來畫，大概要畫成聖方濟各昇天的模樣：天使來接，基督與聖母笑臉相迎之類的。因為在宗教狂熱的時代，「死後的世界」應當超越「死亡的哀情」。但是，喬托把死亡的透視停在人性的層面上，這一點很有突破性。

你看，多麼有人情味啊！兄弟們圍著他，親吻他的手，依依不捨的樣子，雖然知道天上會有天使們來帶他的靈魂同去。但他死的那個時刻，無論如何，還是令人傷心的。

大悲慟

　　這是耶穌由十字架上被放下來安葬前的一刻，其構圖與〈聖方濟各之死〉非常相似。畫裡聖母的表情，叫人看了難忘。聖母抱著耶穌的屍體，此時此刻她只是一個母親，一個肝腸寸斷的母親，誰看到了她的表情都會

（溼壁畫　200 × 185cm　1304–1306 年　義大利帕度亞阿瑞那教堂藏）

感動的想陪她放聲大哭。這是任何有喪子之痛的母親的表情，為何聖母就可以例外？她不是大家的母親嗎？她也許無怨無悔的為我們捐出了她的兒子，但這並不表示她有免疫痛苦的恩寵。我們在她無比的悲痛中，更看見了那種犧牲精神的偉大。這幅畫，喬托還是本著那種聖方濟各的精神來畫的，所以是如此的人性與貼近人心，他讓聖母與聖子變成了我們身旁活生生的一分子，整幅畫充滿了戲劇性與動感。

聖方濟各驅邪

關於聖方濟各的傳說很多，這是他行神蹟的傳說之一。因為大家都敬愛他的緣故，所以傳說連魔鬼都懼怕他。

由這幅畫中可以看出喬托除了繪畫之外，對建築也有天才。這畫裡的建築，這麼醒目，有點「喧賓奪主」的樣子。在中世紀的繪畫當中，算得上是革命性的。房子跟神有什麼關係呢？聖方濟各終身守貧，他所創的教派，講究的就是「神貧」，想想他二十四歲之前也是住在那麼豪華的大廈裡的，而在那大廈林立的城中暗藏多少邪惡與不正義的事？跟那清貧的聖人，恰成強烈的對比！

（溼壁畫　270 × 230cm　1297-1299 年　義大利阿西斯教堂藏）

聖方濟各祈求泉水的奇蹟
聖方濟各贈袍給行乞的痲瘋病人

這兩幅畫是喬托在「風景」上的創新。在他之前，很少有人刻意去畫風景，重點都在線描人物，比較平面化。到了喬托，他不但讓聖人都反璞歸真，如同我們身邊的人物一樣，並且他對大自然也有了關懷——很可能是受了聖方濟各的啟發，因為聖方濟各就是一個稱燕子們為「姐妹」，稱

聖方濟各祈求泉水的奇蹟（局部）

　因年代久遠，壁畫其他地方早已脫色漫漶不清，僅這一局部已整新，可惜1997年義大利阿西斯大地震，將阿西斯教堂震毀大半，其中的壁畫現均在搶救中。

聖方濟各祈求泉水的奇蹟　1297-1300 年 （溼壁畫　270 × 200cm　義大利阿西斯教堂藏）

聖方濟各贈袍給行乞的痲瘋病人　1297–1299 年　（溼壁畫　270 × 230cm　義大利阿西斯教堂藏）

　　大樹為「兄弟」的聖人。

　　由於「風景」的加入，平面變得立體起來，多了一層「透視」，有了遠近，有了深度，難怪人家要稱喬托為近代繪畫的鼻祖了。

殺　嬰

　　為了怕耶穌長大稱王，國王下令把全城的兒童都殺掉，喬托畫的兒童不成比例，太大太胖，可是他畫出了那種場面的可怕殘忍。

　　由局部圖上更可以看到母親的表情是多麼可憐：一個母親拉著孩子的腿，一個孩子抱緊母親的脖子，生死掙扎中更顯出喬托對弱者的同情。

（溼壁畫　200 × 185cm　1304–1306 年　義大利帕度亞阿瑞那教堂藏）

若亞敬之夢

　　聖母瑪莉亞的父親若亞敬在曠野中夢見天使傳告：他的妻子將懷胎一女，此女將來會是基督的母親。

　　因為是一場夢，所以只有作夢的人跟天使有關。但牧羊人、羊及那隻狗雖然看不見天使，卻也能感覺到空氣中有點不平常的氣氛似的，尤其是那隻小狗，你看牠忽然有所警覺的樣子。還有那幾株植物和光禿的山，把夜晚和野外的趣味也點染出來。

（溼壁畫　200 × 185cm　1304-1306 年　義大利帕度亞阿瑞那教堂藏）

耶穌受難

左下方： 聖母悲慟欲絕，快要昏倒的
樣子，身旁兩個人一邊哭著
一邊扶她。

右下方： 執刑的士兵在搶奪耶穌的袍
子，耶穌的父親很難過的看
著他們。

上方： 天使們飛來同聲一哭。其中有
三位捧著金碗來接耶穌手掌及

（溼壁畫　200 × 185cm　1304-1306 年　義大利帕度亞阿瑞那教堂藏）

肋骨旁噴出的血。因為耶穌的
寶血是為了眾人而流，它為我
們洗去原罪。肋骨旁的那一位
天使，臉都別了過去，實在不
忍心讓耶穌受苦。

下方：耶穌腳下是瑪麗，她曾用頭髮
為耶穌擦腳，現在也用頭髮為
他擦血。其哀傷之情比昏倒的
聖母，更教人心痛。而傳說耶
穌釘十字架的地方，正是亞當
埋葬的地方，所以耶穌腳下一
付骷髏代表亞當，耶穌的血滴
在上頭，象徵為眾人洗罪。

聖母的結婚典禮

　　喬托並不只畫「悲情」，人生也有快樂的時刻。這張畫，喬托畫的是聖母的結婚典禮。那時候的教堂叫聖殿，喬托畫的聖殿給這張畫多了立體感，尤其聖母頭上圓拱形的門牆，造成幾何上柔美的變化與生動的趣味。聖約瑟，她的未婚夫，手上拿著一枝開了花的樹枝——傳說每個來向聖母

（溼壁畫　　200 × 185cm　　1304-1306 年　　義大利帕度亞阿瑞那教堂藏）

求婚的人，都要帶枝樹枝來，但在大家的祈禱聲中，只有一枝樹枝的頭上會開出花來，那樹枝的主人就可以娶她為妻。

比較〈聖方濟各驅邪〉與此圖中的建築：在〈聖方濟各驅邪〉圖中的房子看起來像玩具一樣，但愈到後來（如此圖），喬托愈開始畫起建築的內部結構來，把我們由外面帶進了裡面，給文藝復興後來的畫家們一個榜樣。

聖方濟各驅邪（局部）

喬托 小檔案

1266 年？ 出生於義大利佛羅倫斯郊外的一個村莊。從小放羊，喜歡在岩石上畫羊。

1280 年 在佛羅倫斯城中契馬部埃的畫坊當學徒。

1297 年 活躍於羅馬。為阿西斯教堂畫壁畫，畫了聖方濟各的一生，共二十八幅。

1304 年 為帕度亞的阿瑞那教堂畫壁畫，畫了耶穌的一生，共四十多幅。

1311 年 回到佛羅倫斯。

1334 年 被指派設計並建造佛羅倫斯大教堂，對鐘樓部分特別費心，可惜，動工後不久就去世了。

1337 年 去世，死因不詳。

文學家系列

榮獲行政院新聞局第五屆人文類小太陽獎

行政院新聞局第十八次推介中小學生優良課外讀物

文建會「好書大家讀」活動推薦

文建會「好書大家讀」活動1999年度最佳少年兒童讀物獎

～ 帶領孩子親近十位曠世文才的生命故事 ～

每個文學家的一生，都充滿了傳奇……

震撼舞臺的人 ── 戲說莎士比亞　姚嘉為著 / 周靖龍繪

愛跳舞的女文豪 ── 珍・奧斯汀的魅力　石麗東、王明心著 / 郜　欣、倪　靖繪

醜小鴨變天鵝 ── 童話大師安徒生　簡　宛著 / 翱　子繪

怪異酷天才 ── 神祕小說之父愛倫坡　吳玲瑤著 / 郜　欣、倪　靖繪

尋夢的苦兒 ── 狄更斯的黑暗與光明　王明心著 / 江健文繪

俄羅斯的大橡樹 ── 小說天才屠格涅夫　韓　秀著 / 鄭凱軍、錢繼偉繪

小小知更鳥 ── 艾爾寇特與小婦人　王明心著 / 倪　靖繪

哈雷彗星來了 ── 馬克・吐溫傳奇　王明心著 / 于紹文繪

解剖大偵探 ── 柯南・道爾 vs.福爾摩斯　李民安著 / 郜　欣、倪　靖繪

軟心腸的狼 ── 命運坎坷的傑克・倫敦　喻麗清著 / 鄭凱軍、錢繼偉繪

小太陽獎得獎評語

三民書局以兒童文學的創作方式介紹十位著名西洋文學家，
不僅以生動活潑的文筆和用心精製的編輯、繪畫引導兒童進入文學家的生命故事，
而且啟發孩子們欣賞和創造的泉源，值得予以肯定。

藝術的風華・文字的靈動

兒童文學叢書・藝術家系列

榮獲行政院新聞局第四屆人文類小太陽獎

～ 帶領孩子親近二十位藝術巨匠的心靈點滴 ～

喬托	達文西	米開蘭基羅	拉斐爾	拉突爾
林布蘭	維梅爾	米勒	狄嘉	塞尚
羅丹	莫內	盧梭	高更	梵谷
孟克	羅特列克	康丁斯基	蒙德里安	克利

畫家與芭蕾舞——粉彩大師狄嘉

喻麗清／著

提到狄嘉會想到什麼？
「喔，那個畫芭蕾舞的畫家。」
那你就太小看他了，
狄嘉可是十八般武藝樣樣都會呢！
不信的話，一起來看他有多厲害！

兒童文學叢書

音樂家系列

沒有音樂的世界，我們失去的是夢想和希望……

每一個跳動音符的背後，到底隱藏了什麼樣的淚水和歡笑？
且看十位音樂大師，如何譜出心裡的風景……

由知名作家簡宛女士主編，邀集海內外傑出作家與音樂工作者共同執筆。平易流暢的文字，活潑生動的插畫，帶領小讀者們與音樂大師一同悲喜，靜靜聆聽……

兒童文學叢書

每個孩子都是天生的詩人

您是不是常被孩子們千奇百怪的問題問得啞口無言？
是不是常因孩子們出奇不意的想法而啞然失笑？
而詩歌是最能貼近孩子們不規則的思考邏輯。

小詩人系列

 現代詩人專為孩子寫的詩

 豐富詩歌意象，激發想像力

 詩後小語，培養鑑賞能力

 釋放無限創造力，增進寫作能力

 親子共讀，促進親子互動